Entre Sombras y Estrellas

Damián Almaraz

Foreward:

En la vida, nos encontramos con muchas historias que nos inspiran, nos desafían y nos hacen reflexionar sobre lo que realmente importa. En este libro, nos sumergimos en una de esas historias, una historia de amor y sacrificio que trasciende los límites del tiempo y el espacio.

"Entre Sombras y Estrellas" es mucho más que una simple novela; es un viaje emocional que nos lleva desde los brillantes salones de la alta sociedad hasta los rincones más oscuros de los corazones humanos. En el centro de esta historia se encuentran dos hombres, Alexander y Daniel, cuyos destinos están entrelazados por un lazo invisible que desafía todas las probabilidades.

A lo largo de estas páginas, nos adentramos en el mundo de Alexander y Daniel, dos almas perdidas que encuentran el amor y la redención en los brazos del otro. Desde su primer encuentro en una fiesta glamorosa hasta las pruebas de lealtad que enfrentan juntos, somos testigos de la fuerza y la belleza del amor verdadero que trasciende todas las barreras.

Pero como en todas las grandes historias, el camino hacia la felicidad está lleno de obstáculos y desafíos inesperados. A medida que Alexander y Daniel luchan por superar las sombras del pasado y enfrentar un futuro incierto, nos vemos envueltos en una montaña rusa de emociones que nos deja sin aliento y anhelando más.

En "Entre Sombras y Estrellas", el autor nos invita a reflexionar sobre temas universales como el poder del amor, la importancia de la autenticidad y la fuerza de la esperanza. A través de los ojos de Alexander y Daniel, somos testigos de la capacidad del ser humano para enfrentar la adversidad con valentía y determinación, y de encontrar la luz incluso en los momentos más oscuros.

Al sumergirnos en esta cautivadora historia, nos vemos reflejados en los personajes y sus luchas, recordándonos que el amor es la fuerza más poderosa del universo y que, con él, podemos superar cualquier obstáculo que se nos presente.

Así que prepárense para embarcarse en un viaje inolvidable lleno de pasión, romance y suspenso. Porque en "Entre Sombras y Estrellas", descubriremos que incluso en los rincones más oscuros del universo, siempre brilla una luz de esperanza y amor.

Prologue:

En el vasto lienzo del universo, donde las estrellas bailan en la oscuridad y los destinos se entrelazan en un intricado tejido de tiempo y espacio, se encuentra una historia de amor y redención que trasciende las barreras del tiempo y la distancia. Es una historia de dos almas perdidas que encuentran su camino de regreso a casa en los brazos del otro, enfrentando la adversidad con valentía y encontrando la luz incluso en los momentos más oscuros.

En el corazón de esta historia están Alexander y Daniel, dos hombres cuyos destinos están entrelazados por un lazo invisible que desafía todas las probabilidades. Criados en mundos opuestos pero unidos por un anhelo común de aceptación y amor, se encuentran en un encuentro fortuito que cambiará el curso de sus vidas para siempre.

Desde su primer encuentro en una fiesta llena de luces y risas hasta las pruebas de lealtad que enfrentan juntos, somos testigos del poder del amor verdadero para sanar y transformar incluso las circunstancias más oscuras. A lo largo de su viaje, nos sumergimos en un mundo de pasión, romance y suspenso, donde cada giro y vuelta nos lleva más profundamente en el abismo de sus corazones y nos recuerda la belleza y el milagro del amor verdadero.

Pero como en todas las grandes historias, el camino hacia la felicidad está lleno de obstáculos y desafíos inesperados. A medida que Alexander y Daniel luchan por superar las sombras del pasado y enfrentar un futuro incierto, nos vemos envueltos en una montaña rusa de emociones que nos deja sin aliento y anhelando más.

En estas páginas, exploramos temas universales como el poder del amor, la importancia de la autenticidad y la fuerza de la esperanza. A través de los ojos de Alexander y Daniel, nos enfrentamos a nuestras propias luchas y triunfos, recordándonos que, aunque la vida pueda ser difícil y el camino incierto, siempre hay luz en la oscuridad y esperanza en el corazón humano.

Así que prepárense para embarcarse en un viaje inolvidable lleno de pasión, romance y suspenso. Porque en el vasto universo del amor, no hay límites ni fronteras, y siempre hay alguien ahí fuera esperando por ti con los brazos abiertos y el corazón lleno de amor. Esta es la historia de Alexander y Daniel, una historia de amor y redención que nunca olvidarás.

Dedicatoria:

Este libro está dedicado con amor y admiración a la comunidad LGBTQ+, cuyas historias de coraje, resiliencia y amor han inspirado a millones en todo el mundo. A través de sus luchas y triunfos, ustedes han demostrado que el amor no conoce límites ni fronteras, y que cada uno de nosotros merece ser amado y aceptado tal como somos.

A aquellos que han enfrentado la adversidad con valentía y determinación, a aquellos que han luchado por la igualdad y la justicia, y a aquellos que han encontrado el amor en los lugares más inesperados, este libro es para ustedes. Que estas páginas les recuerden que no están solos, que hay esperanza en los momentos más oscuros y que siempre habrá alguien ahí fuera dispuesto a amarlos tal como son.

Que esta historia de amor y redención les traiga consuelo y esperanza, recordándoles que cada uno de nosotros merece encontrar la felicidad y el amor verdadero en esta vida. Porque en el vasto universo del amor, no importa quién seas o de dónde vengas, siempre hay alguien ahí fuera esperándote con los brazos abiertos y el corazón lleno de amor.

Con amor y gratitud,

Damián Almaraz

Tabla de Contenidos

Encuentro en la Oscuridad

En el corazón de la ciudad que nunca duerme, en una noche donde las estrellas parecen titilar con una complicidad secreta, el destino teje sus hilos invisibles entre los resplandores de una fiesta llena de luces y risas. En ese laberinto de glamour y apariencias, dos almas destinadas a encontrarse se deslizan entre la multitud, sus caminos entrelazados por un designio más grande que ellos mismos.

Alexander, con su porte elegante y su mirada cautivadora, camina con la confianza de quien ha sido criado entre la opulencia y el poder. Sus ojos escudriñan la habitación, buscando algo que aún no puede nombrar, un anhelo que late en lo más profundo de su ser, esperando ser liberado por el encuentro fortuito con un desconocido.

Daniel, con su sonrisa tímida y sus ojos llenos de curiosidad, se adentra en la fiesta con la ingenuidad de quien aún no ha descubierto todos los secretos que el mundo tiene para ofrecer. Sus pasos lo llevan por un camino desconocido, pero su corazón late al ritmo de una melodía antigua, una canción de amor que espera ser cantada por labios que aún no conoce.

Y entonces, en medio de la multitud, sus miradas se cruzan en un destello de reconocimiento mutuo, como si el universo hubiera conspirado para unirlos en ese preciso instante. En ese breve instante de conexión, el tiempo se detiene y el ruido de la fiesta se desvanece en el eco de sus corazones latiendo al unísono, como dos notas perfectas que se encuentran en la armonía del destino.

Sin palabras, sin gestos, se acercan el uno al otro, atraídos por una fuerza magnética que los envuelve en un abrazo invisible, sellando su encuentro con un pacto silencioso que solo el universo puede entender. Y así, en la oscuridad de la noche, dos almas perdidas encuentran su hogar en los brazos del otro, dando inicio a una historia de amor que trascenderá el tiempo y el espacio.

El tiempo parece detenerse mientras Alexander y Daniel se sumergen en la mirada del otro, perdidos en un mar de emociones que los envuelve en una burbuja de intimidad. Las conversaciones a su alrededor se desvanecen en el fondo, dejando solo el sonido de sus propios latidos sincronizados en un ritmo perfecto de complicidad y entendimiento.

La sonrisa de Daniel es como un faro en la oscuridad, iluminando el camino hacia un mundo desconocido que Alexander anhela explorar. En cada gesto, cada palabra susurrada al oído, encuentra una razón para creer en el poder del amor y la conexión verdadera.

Por su parte, Alexander despierta en Daniel un deseo profundo de ser visto y aceptado tal como es, sin máscaras ni pretensiones. En sus ojos, encuentra un reflejo de su propia alma, una luz que le guía hacia la verdad de quien realmente es.

Juntos, se aventuran por los rincones más íntimos de sus mundos internos, compartiendo sueños, temores y anhelos con una honestidad desarmarte. Cada confesión fortalece el vínculo que están construyendo, tejido con los hilos de la confianza y la vulnerabilidad.

A medida que la noche avanza y la fiesta llega a su fin, Alexander y Daniel se encuentran renuentes a abandonar el refugio que han creado el uno en el otro. En ese momento mágico entre el día y la noche, se despiden con la promesa tácita de un nuevo amanecer, donde su historia apenas comienza a escribirse.

Secretos en las Sombras

El sol se eleva en el horizonte, pintando el cielo con tonos dorados y rosados que anuncian el inicio de un nuevo día. Mientras el mundo despierta a su alrededor, Alexander y Daniel se sumergen en un torbellino de emociones que los arrastra aún más profundamente en el abismo de su conexión.

Con cada pensamiento que comparten, cada mirada furtiva que intercambian, los lazos que los unen se fortalecen, como si estuvieran destinados a encontrarse en este preciso momento y lugar. Sin embargo, en medio de la euforia de su creciente amor, acecha una sombra oscura que amenaza con oscurecer su brillo incipiente.

Los secretos que guardan, los muros que han construido alrededor de sus corazones, se alzan como barreras invisibles entre ellos, impidiendo que su amor florezca plenamente. Alexander, acostumbrado a ocultar su verdadero ser detrás de una máscara de perfección y control, teme que la verdad de su orientación sexual pueda poner en peligro todo lo que ha construido.

Por su parte, Daniel lleva consigo el peso de una infancia marcada por la intolerancia y el rechazo, temeroso de revelar su verdadero yo a un mundo que nunca ha sido amable con él. A pesar de la atracción innegable que siente por Alexander, se pregunta si algún día podrá ser lo suficientemente valiente como para dar el salto hacia la libertad y la autenticidad.

En medio de sus luchas internas, encuentran consuelo en los brazos del otro, compartiendo momentos de ternura y complicidad que los transportan a un mundo donde el tiempo se detiene y las preocupaciones se desvanecen. En cada beso robado, en cada caricia suave, encuentran un refugio seguro donde pueden ser ellos mismos sin miedo al juicio o la condena.

Pero incluso en medio de la felicidad efímera que encuentran el uno en el otro, la sombra de sus secretos amenaza con eclipsar su amor. En momentos de silencio incómodo, en miradas evasivas y palabras no dichas, sienten el peso de la mentira y la decepción colándose entre ellos, separándolos cuando más necesitan estar juntos.

Y así, en el fragor de su creciente pasión, se enfrentan a una encrucijada que podría cambiar el curso de sus vidas para siempre. ¿Tendrán el coraje de enfrentar la verdad y abrir sus corazones por completo, o sucumbirán al peso de los secretos que amenazan con destruirlos desde adentro? Solo el tiempo lo dirá, mientras su amor se ve puesto a prueba en el crisol del destino.

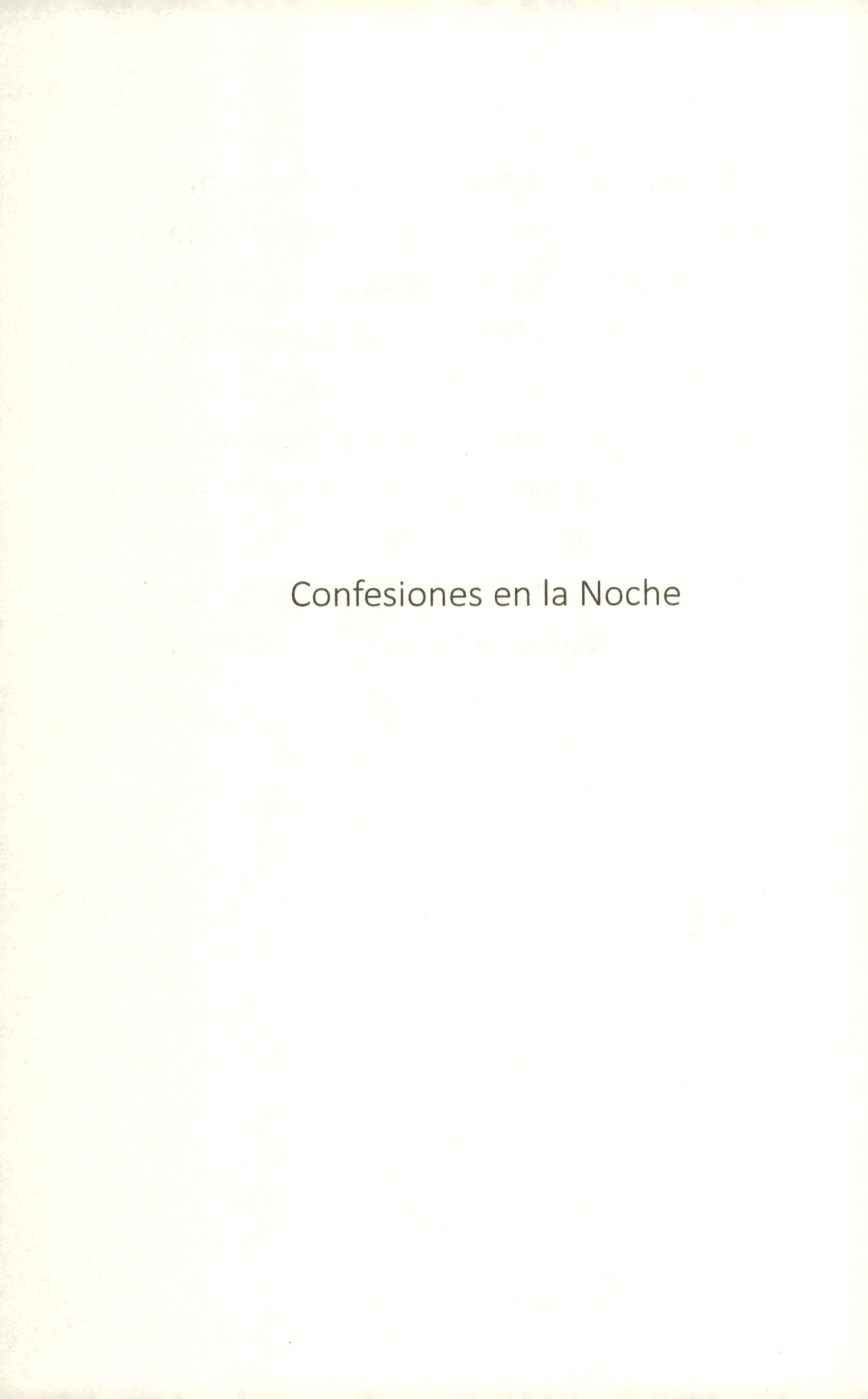

Confesiones en la Noche

La luna brilla en lo alto, iluminando el camino de Alexander y Daniel mientras se aventuran en las profundidades de la noche, explorando los rincones más oscuros de sus almas con una valentía que solo el amor puede inspirar. En la quietud de la oscuridad, se encuentran envueltos en un abrazo silencioso, sus corazones latiendo al unísono en un ritmo de complicidad y entendimiento.

Es en este momento de intimidad compartida que las murallas que han construido alrededor de sus corazones comienzan a desmoronarse, cediendo ante la fuerza irresistible de la verdad. Con cada suspiro compartido, cada mirada cargada de significado, se abren el uno al otro de una manera que nunca antes habían experimentado, revelando capas de vulnerabilidad y autenticidad que los conectan en un nivel más profundo que el físico.

Alexander, con su mirada intensa y su voz temblorosa, se atreve a confesar el peso que ha llevado en sus hombros durante tanto tiempo, el secreto que ha mantenido oculto detrás de una fachada de perfección y control. Con lágrimas en los ojos y el corazón en la garganta, revela la verdad sobre su orientación sexual, temiendo la reacción de Daniel ante esta revelación tan íntima y personal.

Daniel escucha en silencio, sus ojos llenos de compasión y entendimiento mientras Alexander se desnuda emocionalmente frente a él, compartiendo los miedos y las dudas que han plagado su mente desde que era un niño. En lugar de juzgarlo o rechazarlo, lo envuelve en un abrazo reconfortante, ofreciéndole el regalo de su aceptación incondicional y su amor inquebrantable.

Y entonces, es el turno de Daniel de abrir su corazón y revelar los demonios que ha estado luchando en la oscuridad, las cicatrices invisibles que ha llevado consigo desde que era solo un niño asustado y solitario. Con la voz temblorosa y las manos sudorosas, confiesa sus propios secretos más profundos, revelando la verdad sobre su identidad y las batallas que ha librado en su búsqueda de aceptación y amor.

Alexander escucha con atención, sus ojos llenos de asombro y admiración mientras Daniel comparte su historia con una valentía que lo deja sin aliento.

En ese momento de conexión íntima, se dan cuenta de que no están solos en sus luchas, que comparten un vínculo indestructible que trasciende las barreras del tiempo y el espacio.

A medida que la noche avanza y las estrellas titilan en el cielo, Alexander y Daniel se sumergen en un abrazo que los envuelve en una sensación de paz y plenitud que nunca antes habían conocido. En ese momento mágico entre la oscuridad y el amanecer, se prometen el uno al otro que nunca más volverán a ocultar la verdad de quienes son, que siempre serán honestos y sinceros el uno con el otro, sin importar las consecuencias.

Y así, en el silencio de la noche, dos almas perdidas encuentran su camino de regreso a casa, encontrando el amor y la redención en los brazos del otro. A medida que el nuevo día se cierne en el horizonte, saben que su viaje apenas comienza, pero están listos para enfrentar cualquier desafío juntos, armados con el poder del amor verdadero y la fuerza de su conexión eterna.

Pruebas de Lealtad

El sol se eleva en el horizonte, iluminando el mundo con su cálido resplandor mientras Alexander y Daniel se sumergen en los primeros rayos del nuevo día. Con el corazón lleno de esperanza y determinación, se enfrentan a los desafíos que se avecinan, listos para enfrentar juntos cualquier obstáculo que la vida les depare.

Sin embargo, el destino tiene otros planes, y pronto se encuentran enfrentando una prueba de lealtad que pondrá a prueba los límites de su amor y su compromiso el uno con el otro. Cuando Alexander recibe el devastador diagnóstico de una enfermedad renal crónica, su mundo se tambalea, dejándolo aturdido y desesperado por encontrar una solución.

En medio de la incertidumbre y el miedo, Daniel se convierte en su roca, su apoyo inquebrantable en tiempos de necesidad. Con cada paso del camino, lo sostiene con amor y compasión, recordándole que juntos pueden superar cualquier desafío que se les presente.

Pero cuando los médicos anuncian que Alexander necesita un trasplante de riñón con urgencia, la realidad de la situación se hace aún más desgarradora. A pesar de las pruebas de compatibilidad, no hay donantes disponibles en la lista de espera, dejando a Alexander con pocas opciones y un futuro incierto por delante.

Es entonces cuando Daniel toma la decisión más difícil de su vida, ofreciendo a Alexander el regalo más preciado que puede dar: su propio riñón. Con el corazón en la garganta y los ojos llenos de lágrimas, se presenta como voluntario para someterse a la cirugía, sabiendo que está arriesgando su propia vida por el hombre al que ama.

Para Alexander, el gesto de Daniel es un acto de amor puro y desinteresado, un recordatorio de la fuerza de su vínculo y la profundidad de su conexión. Con lágrimas de gratitud y admiración en los ojos, acepta el regalo de vida que Daniel le ofrece, prometiéndose a sí mismo honrar su sacrificio viviendo cada día con gratitud y amor en su corazón.

Y así, en medio de la oscuridad de la enfermedad y la incertidumbre, el amor de Alexander y Daniel brilla como un faro de esperanza y redención, iluminando el camino hacia un futuro lleno de promesas y posibilidades. A medida que se preparan para enfrentar la cirugía que cambiará sus vidas para siempre, saben que su amor es más fuerte que cualquier adversidad y que juntos pueden superar cualquier desafío que se les presente.

El Don del Amor

El día de la cirugía llega con una mezcla de ansiedad y esperanza que llena el aire a su alrededor. En la sala de espera del hospital, Alexander y Daniel se aferran el uno al otro, sus manos entrelazadas como un vínculo inquebrantable que los une en medio de la incertidumbre y el miedo.

El tiempo parece pasar en cámara lenta mientras esperan noticias sobre el progreso de la cirugía, cada minuto que pasa lleno de agonía y anticipación. En medio del silencio pesado, sus pensamientos se vuelven hacia el futuro incierto que les espera, preguntándose si alguna vez podrán recuperar la normalidad que una vez conocieron.

Finalmente, el cirujano entra en la sala, su rostro serio y sombrío mientras informa sobre el éxito de la operación. Con un suspiro colectivo de alivio, Alexander y Daniel se abrazan con fuerza, las lágrimas de gratitud y alegría fluyendo libremente por sus mejillas.

El don de amor que Daniel le ha dado a Alexander es más que un riñón; es un símbolo poderoso de su compromiso mutuo y su devoción el uno por el otro. En ese momento de conexión profunda, se dan cuenta de la profundidad de su amor y la fuerza de su vínculo, fortalecidos por la adversidad y unidos en la victoria sobre la enfermedad.

A medida que se recuperan en la calidez de su hogar, rodeados de amor y apoyo de amigos y familiares, Alexander y Daniel se dan cuenta de que su historia está lejos de terminar. A pesar de los desafíos que enfrentaron en el pasado y los obstáculos que aún pueden enfrentar en el futuro, saben que tienen el poder del amor de su lado, guiándolos a través de los tiempos oscuros y llevándolos hacia la luz.

Y así, mientras el sol se pone en el horizonte y el mundo se sumerge en la oscuridad de la noche, Alexander y Daniel se abrazan con fuerza, sabiendo que juntos pueden superar cualquier desafío que se les presente. Con el don del amor como su guía, están listos para enfrentar el futuro con valentía y determinación, sabiendo que mientras estén juntos, no hay nada que no puedan superar.

El Camino hacia la Recuperación

El hogar de Alexander y Daniel se convierte en un santuario de amor y sanación mientras ambos se recuperan de la cirugía que cambió sus vidas para siempre. Con cada día que pasa, se aferran el uno al otro con una determinación renovada, encontrando consuelo y fuerza en el amor que comparten.

Los días se convierten en una mezcla de pequeñas victorias y desafíos inesperados, pero juntos, enfrentan cada obstáculo con valentía y determinación. Con la ayuda de sus seres queridos, encuentran la fuerza para seguir adelante, sabiendo que mientras estén juntos, no hay nada que no puedan superar.

Para Alexander, la recuperación es un recordatorio constante de la fragilidad de la vida y la importancia de vivir cada día con gratitud y amor en su corazón. Cada paso que da, cada momento que comparte con Daniel, es un regalo que no da por sentado, un recordatorio de la belleza y la fragilidad de la vida humana.

Para Daniel, la experiencia de donar su riñón a Alexander es un acto de amor que nunca olvidará. A medida que se recupera de la cirugía, se encuentra reflexionando sobre el significado del sacrificio y la importancia de dar de sí mismo por los que ama. En los brazos de Alexander, encuentra la paz y la plenitud que ha estado buscando toda su vida, sabiendo que juntos pueden superar cualquier desafío que se les presente.

A medida que pasan los días y las semanas, la vida vuelve lentamente a la normalidad para Alexander y Daniel. Se sumergen en la rutina diaria con gratitud y alegría, sabiendo que cada momento juntos es un regalo precioso que no darán por sentado.

Y aunque el futuro aún es incierto y lleno de desafíos desconocidos, saben que mientras estén juntos, pueden enfrentar cualquier cosa que la vida les depare. Con el amor como su guía y su fuerza, están listos para enfrentar el futuro con valentía y determinación, sabiendo que su amor es más fuerte que cualquier adversidad.

Un Futuro Incierto

A medida que el tiempo avanza y las estaciones cambian, Alexander y Daniel se enfrentan a un futuro incierto lleno de posibilidades y desafíos. Aunque su amor es fuerte y su vínculo es inquebrantable, saben que el camino que tienen por delante no estará exento de dificultades.

Las sombras del pasado aún acechan en las esquinas más oscuras de sus mentes, recordándoles los obstáculos que han superado juntos y los demonios que aún pueden tener que enfrentar en el futuro. A medida que enfrentan las incertidumbres de la vida cotidiana, se aferran el uno al otro con una determinación renovada, sabiendo que mientras estén juntos, pueden superar cualquier desafío que se les presente.

Pero incluso en medio de las dificultades y los desafíos, hay momentos de alegría y felicidad que iluminan su camino y les recuerdan la belleza y el milagro del amor verdadero. En las pequeñas cosas de la vida cotidiana, encuentran la magia y la maravilla que los une, recordándoles el poder del amor para sanar y transformar incluso las circunstancias más oscuras.

A medida que avanzan juntos hacia el futuro, saben que habrá más pruebas y tribulaciones por delante, pero también hay momentos de alegría y felicidad que los esperan en el horizonte. Con el amor como su guía y su fuerza, están listos para enfrentar lo que sea que la vida les depare, sabiendo que mientras estén juntos, no hay nada que no puedan superar.

Y así, mientras el sol se pone en el horizonte y el mundo se sumerge en la oscuridad de la noche, Alexander y Daniel se abrazan con fuerza, sabiendo que su amor es más fuerte que cualquier adversidad y que juntos pueden superar cualquier cosa que la vida les depare. Con el futuro lleno de promesas y posibilidades, están listos para enfrentar lo que sea que el destino les depare, sabiendo que mientras estén juntos, pueden enfrentar cualquier cosa que se les presente.